Naturezas-mortas
Tiago Velasco

cacha
lote

Naturezas-mortas

Tiago Velasco

para Mariana

O punctum *de uma foto é esse acaso que, nela, me* punge *(mas também me mortifica, me fere).*

Roland Barthes, *A câmara clara*

#1

O papagaio pousado de perfil está agarrado à mão direita de uma senhora. O pássaro dá a ver apenas a face esquerda, o olho envolto em penas mais claras que o restante do corpo, o bico entreaberto como quase sempre está nos papagaios. É bastante raro ver o rosto de um papagaio de frente. Dizem que Julio Iglesias só se deixava fotografar com a face direita voltada para a objetiva. A mulher, porém, está com a superfície do rosto toda à mostra. Os cabelos brancos, com resquícios de um castanho alourado, quase não contrastam com a parede clara. As formas, as mãos e os tornozelos grandes apontam para uma origem europeia. Alemoa. Nas extremidades dos membros, manchas de uma vida nada próspera. O peso sobre os calcanhares faz pequenas dobras na pele. O tornozelo direito se esparrama além dos limites da sandália de couro puído. O esquerdo não é visível. O papagaio parece cravar as grandes unhas pretas no polegar da senhora para garantir que não cairá. Talvez isso explique os lábios comprimidos.

#2

A moça é uma jovem adulta. Cabelos curtos, camiseta ordinária de algodão e calça jeans. Está sentada e serena. Os olhos, abertos o suficiente para ver adiante, perderam o brilho. Mas não há lástima alguma; pelo contrário, resiste neles uma dureza altiva. Ela, só, encara os homens fardados perfilados atrás de uma mesa inteiriça de madeira de lei escura, daquelas que sobrevivem por décadas a cupins e roedores. A jovem mulher é tão franzina que qualquer um daqueles militares poderia derrotá-la com apenas uma das mãos livres. Naquele momento, é o que lhes restaria. Sentados em cadeiras grandes talhadas com pompas, os senhores estrelados escondem seus rostos com a mão direita, irreconhecíveis até mesmo para seus filhos e esposas.

#3

A mão esquerda está espalmada ao lado da cabeça, pressionando levemente a maçã do rosto, de modo a produzir uma ruga sob o olho. A juventude da face se afirma, entretanto, na pele negra lisa. O polegar direito tangencia a têmpora, enquanto os outros dedos apontam para cima, mão aberta. Os dois dedos do meio, porém, se esforçam para ficar juntos, mantendo um cigarro de maconha aceso, pela metade. Olhar firme para frente. Sobrancelhas e testa contraem-se sem esforço. A boca grossa, desenhada, os lábios se tocando em toda sua superfície. As mechas do penteado escultórico, nada clássico, sobem em desarmonia, assimétricas. Ele está posicionado à frente de uma parede marrom. Veste uma camisa azul com listras brancas e um paletó xadrez, em um padrão nas cores verde, vermelha, cinza e preta.

#4

Sem dúvida o menino é o foco. Há, no entanto, tantos elementos involuntários de dispersão que é quase impossível evitar a oscilação ocular, de tal modo que se manter concentrado não é das tarefas mais fáceis. O ângulo, de cima para baixo (e, parece, também um pouco inclinado), operou uma série de estranhamentos. Ao fundo, um borrão masculino de terno e gravata está sem a cabeça visível; pouco à frente dele, há um móvel de madeira escura e pesada, na diagonal, que parece um confessionário. É, portanto, uma igreja católica. Pela aglomeração de pessoas e por suas vestimentas, um casamento, ou os momentos que o antecedem. E aí, sim, o menino: a figura-síntese, a encarnação de opostos, o pequeno grande homem. Primeiro, o ponto de vista pelo qual se pode vê-lo o faz parecer desproporcional. A cabeça grande como a de um adulto e os ombros largos de nadador contrastam com a finura dos quadris e com os braços encurtados. Pura ilusão de ótica. O menino nada tem de aberração, muito pelo contrário. Impressiona pela altivez não condizente com os seus cinco anos. O terno branco, perfeitamente ajustado ao corpo de criança, e a gravata borboleta turquesa, combinando com o lenço de mesma cor que escapa cuidadosamente do bolso do paletó, colaboram para a impressão. Um pajem perfeito e consciente de sua responsabilidade. Se o hábito faz o monge, é preciso reconhecer que não são todos que o vestem de forma digna. E o menino o faz com a espinha ereta, como só mestres iogues sustentam de forma natural. O rosto é de um adulto em miniatura, embora sem traço algum de envelhecimento. O ar embevecido diante do altar, porém, entrega a inexperiência infantil em rituais. O afastamento sutil do braço esquerdo dá a entender, intuitivamente, que alguém tenta conduzi-lo para outro lugar. Especulação apenas. Das mãos, nada se pode dizer, nem se são grandes nem se são pequenas.

#5

Afirmar, pela ausência de cabelos e barba, que não há nada no rosto é um engano sem relação alguma com a presença das sobrancelhas densas. O que transborda é aquilo que o olhar baixo, pálpebras semicerradas, a boca fechada, de lábios grossos bem desenhados, e, sobretudo, os sulcos, vincos, quase rachaduras marcadas na testa, acima do queixo, pelos cantos dos olhos, aquilo que desce a partir do nariz, como dois canais em forma elíptica, como as hastes de um alicate de unha, não conseguem dizer, embora revelem sem qualquer obstrução do sentido. A camisa preta, fechada até o último botão, produz uma infinitude solitária, tom sobre tom, em relação à parede. Com a mão esquerda, ele segura o braço direito, pegando firme o cotovelo e o antebraço. Uma prótese em material liso, que brilha à menor presença de luz, com um padrão semelhante a escamas de cobra. A mão, uma escultura metálica, dois ganchos, ou duas ondas estilizadas, em que a cabeça, inclinada pouquíssimos graus, se apoia. Não há mais mármore para "O Pensador" em sua transumanidade.

#6

O título "Amiga", sobre um retângulo preto disposto na metade superior, é um convite para bisbilhotar o que acontece nos bastidores da tevê. Um mundo cor-de-rosa como o tom que predomina ao fundo. Sabe-se que Emilinha Borba é a paixão de Cláudio Cavalcante porque assim está escrito, em letras brancas e em caixa alta. Abaixo, na diagonal oposta ao título, uma outra chamada em letras menores, "JESUS CRISTO" (de RC e Erasmo) EM JULGAMENTO! Apesar de tantas frases atraentes, não há dislexia que justifique não se concentrar no casal que toma setenta por cento do campo focal. À frente, um rapaz com um vistoso *black power* e sorriso perfeito. Um homem bonito. Os dentes brancos ganham ainda mais destaque pelo contraste com a pele retinta. Nariz e queixo largos. O torso nu deixa à mostra o músculo peitoral definido, sobre o qual cruza um braço feminino. A mão branca, com unhas bem-feitas, pintadas com esmalte claro, repousa no tórax negro. Quem se detiver no rosto da mulher loura não hesitará em afirmar a redundância do texto em destaque. Arlete e Tornado: "ESTAMOS APAIXONADOS, E DAÍ?" O olhar um pouco enviesado e o sorriso contido da mulher são claramente uma tentativa de não revelar o sentimento em sua totalidade. Talvez saiba mais do que todos os motivos para isso. O ângulo de suas pupilas revela que somente ela enxerga as letras miúdas que formam, na vertical, a frase "Desaconselhável para menores de 16 anos".

#7

Um coelho adulto no sofá com duas crianças. O sofá e o coelho são marrons. As crianças têm pele clara. O animal é peludo, fios duros e ressecados. Os olhos, escuros e pequenos, desalinhados. Os bigodes também parecem tortos. Os dois dentes da frente, alvíssimos, boca afora. O coelho é enorme, três ou quatro vezes a altura das crianças. A menorzinha senta no colo dele, sobre a perna esquerda; a maior, senta-se ao lado direito, desconfortável. Lourinhas, bochechinhas rosadas, olhinhos apertados e os narizes inchados, escorrendo uma secreção diluída em lágrimas. Elas estão paralisadas, envoltas em braços longos e fortes.

#8

O fundo é uma parede de mármore com peças retangulares grandes. Ele está de paletó negro ajustado ao corpo magro, camisa branca engomada e uma gravata borboleta com um laço displicente. A pele, vincada, cobre os ossos protuberantes. A peruca de fios brancos, desordenadamente espetados e secos, não cobre os cabelos escuros. Sobrancelhas e olhos pequenos e escuros. O nariz malfeito parece ter sido reconstituído por um cirurgião. Ele sorri. Os lábios quase desaparecem. Os dentes de cima, alinhados, gastos e amarelecidos pela nicotina. Um dos olhos está parcialmente escondido por uma câmera fotográfica disposta na vertical. O homem a segura apenas com os longos dedos da mão direita, delicados demais para que o retrato seja aproveitado.

#9

Procura-se. Marighella. Chefe comunista – Crítico de futebol em Copacabana – Fã de cantadores de feira – Assaltante de bancos – Guerrilheiro – Grande apreciador de batidas de limão. As palavras se alternam em preto e vermelho sobre o vasto fundo branco. Imediatamente acima, um homem de cinquenta e tantos anos, sem camisa, magro, pelos grisalhos sobre o tronco, aponta com a mão direita para si, bem ao centro do peito. A cabeça inclinada poucos graus para frente. O braço esquerdo aberto. Talvez esteja perguntando a alguém que não pode ser visto se o problema é com ele. Pouco se pode saber sobre o lugar onde está, é possível que seja um escritório bagunçado em um apartamento antigo. A imagem é amarela, de arquivo. Acima de sua cabeça, novamente sobre o branco, lê-se, em verde, O futuro do carro nacional; ao lado, em preto, Veja e leia.

#10

Um homem e um cachorro à frente de uma porta de madeira secular e pesada. O homem e o cachorro olham para o mesmo lado. O cachorro parece um pouco mais relaxado que o homem. O cachorro tem pelos longos e fartos. O homem, ao contrário, ostenta uma careca e alguns fios brancos nas laterais, cortados rentes. O homem tem o joelho enrugado, decaindo em camadas pequenas, umas sobre as outras. A barriga, levemente protuberante, é firme e sem flacidez. A pele se descola da carne em outras partes do corpo: pescoço, papada e bíceps. E as veias pulam ao longo de todo o braço, mais intensamente, nas mãos, que seguram, firmes e delicadas, a coleira do cachorro e um cigarro entre os dedos. O cachorro é de um branco acinzentado. O homem tem um bronzeado oliva mediterrâneo. Está sério, apesar da cueca branca de algodão, incapaz de sustentar as vergonhas. No braço esquerdo, pende um roupão esverdeado. Os pés sobre o chão de pedras medievais calçam pantufas felpudas.

#11

O tronco está posicionado de lado, mas o rosto se mostra inteiramente. Posição ordinária, ausente de espontaneidade. Certamente não era a primeira a sentar-se à frente do fundo azul vestida com o uniforme do colégio. Um clichê escolar. Apesar disso, quase tudo é mistério. Ela é jovem, mas a transparência da ingenuidade já se foi. Seria possível afirmar que 13, 14, 15, 16 anos servem a ela, embora, nessa época da vida, sabe-se que cada uma dessas idades possui uma personalidade própria. É fácil falar que é bonita e citar o viço natural, mas a juventude tem dessas coisas. Próprio dela é o *chiaroscuro* composto pelo cabelo, que segue abaixo dos ombros, e a pele. Os ângulos italianos marcam fortemente o rosto. Sobretudo o nariz. Mona Lisa possui uma série de atributos que a tornam célebre. Um, é o sorriso; outro, são os olhos, que parecem sempre avistar o espectador, independentemente de onde ele esteja. O recurso à imagem de Leonardo é mais uma tentativa de encontrar uma chave interpretativa. Útil, porém insuficiente. Se, talvez, o sorriso da Gioconda nos ajude a entender o da menina, o mesmo não se pode falar do olhar, ligeiramente enviesado. É como se ela enxergasse metros adiante do ponto focal. É possível, também, que seja uma miopia ainda não diagnosticada. Nela, não há banalidades.

#12

O cabelo vasto não toca as orelhas. O rosto liso sentiu a lâmina de barbear há não muito tempo. Veste um sobretudo com ombreiras que aumentam seu trapézio já largo. Por baixo, um colarinho branco, uma gravata com nó apertado e um suéter de gola vê. As mãos grandes e de dedos longos seguram um telefone negro, pesado, de meados do século 20. As sobrancelhas arqueadas em M que se encontram ao centro e descem alguns milímetros sobre o início do nariz. Uma coruja. Os olhos, castanho mel, arregalados, surpresos. Não é para menos. O rapaz cola ao ouvido a base do aparelho, enquanto o fone, distante de sua cabeça, é mantido sobre o gancho pela mão esquerda, incomunicável.

#13

O "M" amarelo, se fosse menos anguloso, lembraria os arcos dourados, símbolo do McDonald's. No entanto, é apenas a primeira letra, destacada das outras pela cor, que forma a palavra Manchete, à esquerda, ocupando dois terços da faixa vermelha ao alto. Uma pequena distração: o homem dos cabelos negros que contrastam com a cútis clara. A idade é indefinida: talvez esteja saindo dos quarenta; há a possibilidade, porém, que esteja quase adentrando os sessenta. Mas isso é bobagem, assim como o terno azul royal, a camisa branca e a gravata vermelha. Diferentemente das mãos no bigode, os dedos em pinça, como se quisessem unir os fios lisos em um espiral, a boca que ameaça se abrir, embora se saiba que os lábios não irão se separar. Sobre os olhos, sobrancelhas espessas e escuras por pouco não se juntam. As íris, sem esforço, posicionam-se de forma mais afastada possível, como se pertencessem a um peixe. Olhar de lucidez ou de loucura. Um pouco abaixo do pescoço fino, apertado pelo colarinho, Jânio: só falta agora o Catete, em tom discreto de cinza azulado.

#14

Ele está em um escritório abarrotado de objetos marrons. Estantes de madeira com livros de capas de couro, cujos títulos e autores estão gravados em letras douradas. Atrás do senhor, um sofá ou divã coberto por uma manta estampada por padrões gráficos na mesma cor amadeirada do restante. À esquerda dele, uma escrivaninha, também de madeira pesada, serve de apoio para papéis com anotações, óculos, canetas. A luz do dia entra através dos vidros da janela fechada. O senhor está de terno escuro, sentado sobre uma cadeira giratória confortável, a mão esquerda apoiada num dos braços do assento; a direita pousa sobre o pelo macio de um chow-chow, que mira o focinho para o além. O velho volta sua visão corrigida por óculos de aro negro para o cachorro, o que exige que ele incline a cabeça e o tronco alguns graus em direção ao piso. Sob as quatro patas e as duas pernas, um tapete que ocupa o centro do ambiente. Um cavanhaque branco e bem-feito, somado a uma careca com ainda alguns fios, penteados de forma repartida e fixados por laquê ou algum tipo de gordura, revela sobriedade. Um espelho disposto atrás do velho, porém, reflete aquilo que nem mesmo ele pode saber sobre si.

#15

Em azul e caixa alta, Hustler. No mesmo azul, em corpo menor, quase como uma legenda, lê-se *A Larry Flint publication*. Pés em ponta, canelas depiladas, coxas grossas. As pernas estão dobradas. E com a sola dos pés apontadas para o alto. O tronco, os braços e a cabeça não podem ser vistos. É que a mulher, de alguma forma, conseguiu se enfiar em um moedor de carne de metal. Talvez isso justifique as pernas besuntadas em óleo, certamente uma estratégia de lubrificação para que ela pudesse caber em uma circunferência pequena para as proporções de uma pessoa adulta. Pela outra circunferência, localizada a 90 graus do buraco pelo qual a mulher entrou, saem pedaços de carne moída, que caem, em flocos vermelhos, sobre um prato vulgar de papelão. Ao lado, "Não iremos mais tratar mulheres como pedaços de carne", creditada a Larry Flint. Era junho de 1978.

#16

Uma moto BMW cinza chumbo. Parte dela apenas: o tanque de combustível, com o logotipo azul e branco, o guidão, o banco de couro e o vultoso escapamento cromado. Ele, pele morena, sem camisa, cabelos escuros e lisos, está no controle da motocicleta, apesar de estar parada. Veste apenas um jeans azul-escuro. Em torno do pescoço, um fino cordão de ouro. Sereno, tem olhos semicerrados, cabeça voltada para trás, na direção da garota que o acompanha na garupa. Ela o abraça pela cintura. Também não veste nada além do jeans idêntico ao do garoto. Colados, não há espaço para uma agulha entre os dois corpos. Loura, fios longos e esvoaçantes. O rosto, porém, tem suas singularidades: os óculos escuros de gatinha contrastam com a clareza da pele e do cabelo; e os lábios vermelhos, entreabertos, revelam a falta de um dente. No canto inferior esquerdo, sobre o pé descalço dele, uma tarja lilás traz a frase "Agora criança também pode". Logo abaixo, uma tarja preta destaca: Staroup jeans, seguido da bandeira dos Estados Unidos da América.

#17

Uma composição em preto e branco. A mulher de costas e nua se mostra por meio de um jogo de luz e sombras. A cabeça, ao alto; o ombro direito, um pouco abaixo, à mostra, enquanto o esquerdo desaparece por trás dos cabelos longos e ondulados; a cintura fina e, logo depois, os glúteos um pouco mais largos, apoiados no chão. Ainda se pode ver, também, o início das coxas. A direita por cima da esquerda. Ela está sobre um tecido claro. Seda, talvez. Nas costas, forma-se uma pequena depressão na qual algumas vértebras se assemelham a protuberâncias. Há uma diferença no tom da pele, mais clara na parte que fica sob o biquíni quando ela vai à praia. Não há nada, porém, que revele os ísquios. Um pouco abaixo da mulher, uma confusão multicolor perturba a atenção: um retângulo amarelo com um título em um degradê que vai do azul claro ao roxo. Dentro do retângulo, um copo de suco, uma xícara de café e uma fatia de bolo com creme em excesso. Entre as palavras escritas em vermelho, destaca-se "aspartame". Acima de tudo, lê-se: QUEM USA STETIC NÃO PRECISA USAR MUITA ROUPA. É por isso que se pode ver dois ou três dedos da mão direita da mulher saindo pelo espaço formado na interseção das coxas e das nádegas.

#18

Cabelos grisalhos penteados para trás. Bronzeada pelo sol, a testa grande revela que muitos fios já caíram ao longo dos anos. A boca fina fechada, quase um fio. O nariz fino, anguloso, bem--feito. Não há sinal de barba por fazer. Os olhos, escondidos sob uns óculos escuros de lentes grandes modernas. A cabeça voltada para a direita, como se houvesse algo a enxergar naquela direção. Deve estar frio. Ele veste uma calça com pregas, firmada por um cinto preto de couro e fivela prateada retangular. E, ainda, sobretudo, paletó, camisa social e uma camiseta por baixo. Todas as camadas de roupas estão à mostra porque ele, performático, abre completamente o sobretudo com as duas mãos. Não é um mafioso. Do contrário, o gesto revelaria metralhadoras e canos silenciadores de pistolas, em vez de fotografias. Retratos. Quatro de cada lado. Todos presos com grampos metálicos de pressão. As imagens, uma acima da outra, são réplicas idênticas. Em cada uma, há um homem com cabelos grisalhos penteados para trás, com uma testa longa, bronzeada pelo sol, que revela a queda de muitos fios ao longo dos anos; o nariz fino, anguloso e bem-feito, logo acima da boca fechada, quase um fio. Não se vê sinal de barba por fazer. Nem há lentes escuras modernas. Ele olha para frente, enviesado, com as sobrancelhas desafia-doramente arqueadas.

#19

O primeiro plano está sob a sombra, enquanto mais além está ensolarado. Para tornar a mulher nítida, foi preciso abrir mão da profundidade de campo. Ainda assim é possível ver a parte de cima de um edifício e algo da paisagem superexpostos à luz. A mulher está em um terraço de uma cobertura. O piso é de ladrilho hidráulico, e a mureta tem formato neoclássico. É provável que seja de mármore. Década de 1950. Deduz-se pelas formas do corpo dela. As coxas, deixadas à mostra pelo macaquinho de estampa florida, como o lenço na cabeça, revelam uma compleição física anterior às academias de musculação. Um olhar anacrônico diria que ela tem mais de 30. A mulher aguarda algo. Talvez um aviso para começar a pular a corda que segura com as mãos. As sandálias pretas de saltos não parecem apropriadas.

#20

O hall é pequeno para todos aqueles homens. Pelas sombras e silhuetas, há mais do que os cinco à vista. Ao fundo, o careca tem expressão séria, talvez preocupada. Olha por cima dos ombros do homem à sua frente, um sujeito de cabelos ralos, testa brilhante, bolsas sob os olhos, queixo no formato de duas nádegas. O colarinho apertado pela gravata produz dobras na papada. De resto, o alinhamento é total em seu uniforme militar – paletó rigorosamente fechado com botões dourados. Os dois outros coadjuvantes conversam qualquer coisa: o homem alto usa um capacete preso à cabeça por uma tira que contorna o rosto e se ajusta ao queixo, o bigode é fino, e coça o nariz. O interlocutor veste um quepe, superior na hierarquia da corporação. O protagonista, porém, não está de uniforme, mas de terno, gravata, camisa branca e calça social; um fino cinto de couro escuro contorna a cintura. O cabelo negro brilha à gomalina. O cigarro, firmado à boca apenas pelos lábios abaixo do bigode que começa a se revelar, é tragado com prazer. Sob o braço direito, o metal roliço de um fuzil se revela, manuseado com intimidade pelo homem. Na gravata preta, dois pequenos cavalos marinhos luzem.

#21

Há dois deles. Idênticos, não fosse a inversão da direita para a esquerda e o brilho vítreo daquele mais ao fundo. Um homem branco, cujos pelos abastados se distribuem uniformemente pelo peitoral, abdome e braços, mas somente até pouco acima dos cotovelos. Os bíceps firmes estão livres dos filamentos capilares. No rosto, uma barba longa e grisalha, projetada um pouco à frente, contorna o maxilar largo. Os cabelos, também com fios prateados em meio a outros escuros, estão penteados para o lado e aparados na nuca com um apuro profissional. Sabe-se de tudo isso apenas ao cotejar as imagens dos duplos. O que está mais distante revela o semblante sério e o olhar para baixo. Ele encolheu a barriga o quanto basta para evitar que um pneuzinho saltasse sobre o cós da calça justa. Tamanho alinhamento e simetria só foram possíveis antes de ele calçar as luvas de boxe.

#22

Sobre o fundo rosa claro, ele encara. Não é possível fugir deste olhar. Os braços cruzados sobre o peito, em forma de x, e as mãos sobre os ombros criam a ilusão de que ele se abraça. O rosto, contido, se destaca pelas protuberâncias ósseas, pelos olhos profundos, orelhas e testa avantajadas. Tudo parece fora do lugar e desproporcional. Excessiva para o esqueleto, a pele está envelhecida no pescoço. Músculos saltados, pomo de adão proeminente. No topo da cabeça, o cabelo castanho escuro espetado – ralo e em queda – avança sobre o título, em tipografia vermelha, ao alto: Veja. O bronzeado, no entanto, revela a gravidade. Pele curtida de AZT. As letras gigantes na altura do peito do rapaz resumem o que há de mais importante na semana: CAZUZA – uma vítima da aids agoniza em praça pública. Do contrário, agonizaria longe das apostas.

#23

Uma câmera grande, pesada, com um para-sol retangular em sua lente, está voltada levemente para a direita. A máquina deve estar sobre um tripé, inacessível, para se posicionar na altura do rosto oblongo de um homem entre 30 e 40 anos. A testa grande apresenta dois sulcos horizontais, produtos de contrações expressivas repetidas inconscientemente por anos. A parte de cima das orelhas, rentes às laterais da cabeça, enquanto os lóbulos parecem querer se afastar ao máximo do corpo a que estão presos. As sobrancelhas têm falhas. Os olhos escuros, de formas amendoadas, sutilmente mais altos próximos ao nariz e mais baixos nas extremidades da face. A pele entre as narinas e o fino lábio superior possui uma faixa acinzentada que revela dois ou três dias de um bigode ralo. A boca e o flash da câmera estão praticamente alinhados. O alelo dominante que permite enrolar a língua dá graça ao homem, que parece querer abraçar a filmadora.

#24

A areia se estende por centenas de metros e reflete o sol. À direita, ao fundo, o mar. As pessoas não estão vestidas com trajes de banho. As mulheres usam vestidos, camisas de linho, saias. Algumas portam guarda-sóis, e todas, chapéus. Ele também. Guarda-sol com lona de estampa e chapéu com a aba dobrada para cima, do meio para a esquerda, garantem a sombra sob a qual se refugia. Segura o cabo fino com as duas mãos: a da esquerda bem ao meio, enquanto a da direita, entre o umbigo e o peito, agarra o gancho. Os olhos são pontos escuros pouco discerníveis. A boca quase desaparece em meio ao cavanhaque negro e denso. Camisa branca, gravata borboleta, colete abotoado, com dobras na barriga. O paletó largo sobra. A calça parece apertada nas coxas e virilhas. O pé esquerdo à frente e o direito mais atrás, calçados em sapatos de couro preto, servem de contenção para que o homem não escorregue pelo assento da cadeira, cujas quatro pernas perfuram o solo instável da praia.

#25

Ele está com o braço direito aberto, a mão espalmada, os dedos juntos, com exceção do polegar. Sóbrio, paletó e gravata escuros, camisa branca. Veste uma faixa que ostenta o Brasão da República. Está acompanhado por duas mulheres, uma de cada lado, meros adereços. A mais velha tem o cabelo armado por laquê, um meio-sorriso forçado. A mais nova tem cabelos longos, também penteados, um vestido formal com estampas graciosas de flores do campo. Pelo nariz das duas, os olhos fundos e caídos nas extremidades, quase tristes, as sobrancelhas finas e na mesma curvatura, podemos apostar que são mãe e filha. O senhor, portanto, deve ser o pai. O rosto austero, a pele há muito sem colágeno, o maxilar escondido por baixo de uma pelanca. Apesar do queixo apontado levemente para cima, não é possível saber suas reais intenções. Os óculos pesados e com lentes escuras não permitem o acesso à alma.

#26

Os olhos verdes ou castanhos arregalam-se sob as sobrancelhas unidas como uma gaivota em voo. O nariz anguloso e grande impede que se fite a boca, pequena e de lábios finos, com apenas um pouco mais de volume ao centro. O sorriso hesita, entre se mostrar ou não, em uma ambiguidade sarcástica, produzindo covinhas nas extremidades. Um cavanhaque basto, longo e grisalho, desce alguns centímetros queixo afora, como se reproduzisse, em escala menor e proporcional, os cabelos leoninos, desgrenhados e apontados para o alto, acima da longa testa franzida. A postura desconcertada, com o ombro direito posicionado ao alto em relação ao esquerdo, completa a composição produzindo uma diagonal plástica. Ao longe, a vegetação difusa.

#27

No terço mais alto da imagem, o fundo preto ressalta o *slogan*: Dentre as coisas que você faz com prazer, uma é fumar Minister. Ao lado da frase, o maço azul e branco tem o logotipo impresso centralizado e na diagonal. No topo da embalagem, à esquerda, saem três cigarros de filtro marrom-amarelado, posicionados de tal forma que parecem formar uma escada. Estão prontos para serem retirados e acesos. Nos dois terços restantes da imagem, vê-se uma mulher e um homem em uma floresta cuja vegetação remete às matas do hemisfério norte. Ela veste um chapéu branco, um casaco rosa e uma calça marrom. Ele, um chapéu marrom, uma jaqueta verde e uma calça mostarda. A mulher olha para o homem de baixo para cima. Ela o admira. Sorri. Na mão direita, segura um cigarro entre os dedos, punho levemente reclinado para trás – displicente e charmosa. Ele é firme. Prende o cigarro apenas com os lábios. A cabeça, voltada para baixo, permite que confira, de uma só vez, se a chama do isqueiro de metal acendeu o cigarro e se a espingarda de cano duplo, que segura com a mão esquerda, está carregada.

#28

Em segundo plano, há uma casa antiga, de madeira, sem charme, com toalhas estendidas no peitoril da varanda. No centro, uma escada de poucos degraus dá acesso à areia da praia. Uma areia escura e revolvida. Sentados, dois homens, lado a lado, sorriem. O tom queimado da pele do rosto, em contraste com a alvura do tronco com pelos negros, sugere que não é um ambiente comum ao homem da direita. Já a pele do amigo, mais morena, algo cinza, não é resultado de banhos de sol. Os dois estão sentados diretamente na areia. O da direita tem um bigode vasto; o amigo tem o cabelo tão denso e farto que a testa parece encurtada, uma característica a mais de seu rosto caricatural, formado ainda por orelhas de abano, sobrancelhas prestes a se unir, nariz e queixo pontudos. O de bigode mantém a coluna alinhada. O de orelhas de abano tem as costas curvadas, os ombros jogados para frente e uma magreza que permite contar todas as costelas. Suas longas pernas e seus braços magros estão cruzados entre si como fazem os insetos ao serem tocados no ventre quando estão com as costas cascudas sobre o chão.

#29

Os cabelos finos escorrem até os ombros. Há fios apontando para os mais variados lugares. Não foram penteados. A franja, desalinhada, irregular, não é desleixo. Os olhos estão cansados, mas há, neles, certa plenitude. As rugas surgem a partir das expressões faciais, formas que a pele assume na relação com os ossos da face magra. O sorriso deixa os dentes brancos à mostra e os lábios, mais e mais sutis. O colo está nu. A discrição das duas alcinhas finas e escuras que sustentam a roupa da mulher se opõe violentamente ao focinho de porco que toma parte grande de seu rosto. No terço inferior, um retângulo preto serve de fundo para duas mãos. Uma segura o garfo; a outra, a faca.

#30

Uma mulher e dois meninos exatamente iguais, um de cada lado. Ela veste um pulôver e uma saia de cintura alta quadriculada. Os pés não podem ser vistos. Uma das mãos repousa delicadamente sobre o ombro do garoto à direita; o outro menino encobre com o tronco mais da metade do braço dela. Os gêmeos não devem ter mais de dez anos, apesar das roupas, compradas em duplicidade, servirem melhor a pessoas velhas. O da esquerda está com o paletó de tom claro abotoado. O da direita tem a gola da camisa branca voltada para fora. O da esquerda veste calças retas de linho. O da direita deixa ver o excesso de tecido sobre as coxas, muito menos volumosas do que as pernas da calça. Um é o espelho do outro, não fossem os penteados – repartido para o lado, no da direita; franja reta acima dos olhos, no da esquerda – e a posição das mãos. Parece óbvio que um não é o outro, e vice-versa. A mãe, ereta, aponta o rosto para o lado, deixando o perfil evidente e os pensamentos inalcançáveis.

#31

Os dois homens olham como se quisessem, e talvez consigam, enxergar algo que a face de quem os observa não revela. Eles são parecidos. O de camisa vermelha com as mangas dobradas até a altura dos cotovelos é ligeiramente mais jovem do que o outro, sem camisa, que segura, na altura do ombro direito, uma jaqueta de motoqueiro de couro preto. Os dois vestem *blue jeans* de cintura alta. Os cintos com grandes fivelas prateadas garantem o ajuste perfeito das calças. O rapaz de torso nu e sem pelos tem uma expressão mais segura e sedutora. Do contrário, não usaria o corte de cabelo cheio no alto da cabeça, raspado à máquina nº. 4 na lateral e com longos fios na parte de trás que chegam a tocar os ombros. O outro encena discrição. Sobre a perna esquerda do tímido, lê-se a frase atribuída a Luciano: "Se um homem consegue ter um lado feminino, é bonito"; já sobre a perna direita do que tem a jaqueta sobre os ombros, credita-se a Zezé Di Camargo: "Opção sexual a gente deve respeitar". Acima das cabeças dos rapazes, a palavra "confissões".

#32

Uma cabeça jaz no alto de uma montanha. Ela não está inteira, falta parte da testa e o topo. Há nela o restante: cabelos longos, o nariz marcado, o queixo pontudo, as maçãs proeminentes, a barba e o bigode. Tudo no mesmo branco acinzentado de pedra-sabão e concreto armado. O mato em volta foi desbastado. Há só uma terra escura batida e restos espalhados da pedra esbranquiçada. É a cabeça de Cristo envolta em andaimes precários de madeira. Uma cabeça *art déco*, sob a qual três homens negros descansam em qualquer sombra. O de chapéu recosta o lado direito do tronco numa réplica reduzida da cabeça. As duas cabeças olham para baixo, para a terra escura feita de canteiro de obra, sobre a qual pisam os trabalhadores e as formigas.

#33

Nada parece combinar na sala dessa casa de subúrbio americano. O papel de parede estampado com motivos beges, a pequena mesa de madeira escura que serve de base para um abajur de corpo marrom e cúpula branca, o sofá amarelo, o carpete sujo. Seria difícil fixar o olhar com o pano de fundo caótico que se apresenta não fossem duas outras figuras desconcertantes: a adolescente de 14 anos e a árvore de Natal, com mais de um metro e oitenta de altura, já levando em consideração a figura do anjo que repousa placidamente no topo. A composição cromática da árvore de Natal é perturbadora. As folhas de plástico verde escuro estão excessivamente decoradas com papéis brilhantes dourados, bonecos de neve, renas e bolas vermelhas, que ora parecem corações, ora alguma espécie de fruta. Somente a tradição é capaz de justificar tal arranjo. E a menina: a pele alva-rósea, o cabelo cobreado, os brincos volumosos, o casaco branco de moletom estampado com nove quadrados organizados uniformemente, cada um com cores diferentes imitando pinceladas, a saia cinza de veludo abaixo dos joelhos, as sandálias pretas de plástico calçadas com meias brancas esticadas até metade da canela. O rosto, no entanto, é singular. Através dos óculos de aro grosso, uma expressão que, à primeira vista, parece gelada. Aquele que se detiver um pouco, porém, perceberá a frustração da garota. As mãos unidas e retesadas tentam conter um início de raiva que, sabe-se, não condiz com o espírito natalino. Ela deseja como nunca levar para o quarto a caixa vermelha com tipos dourados que formam a palavra Macy's, em vez da boneca de pano, com olhos esbugalhados, feita sem esmero algum que chegou cerca de dez anos atrasada.

#34

O cavalo está sem sela, preso apenas por uma corda. O pelo brilha. A musculatura do pescoço e das pernas dianteiras marcam o couro firme. O olhar, como o de todos os cavalos, é triste. A crina está cortada ao estilo militar, escovinha, mas uma franja dividida ao meio cai sobre a cabeça, encobrindo o canto superior do olho esquerdo. O animal, retesado, sereno, estanque, controlado, recebe carícias dos homens à frente. O coronel, retesado, sereno, estanque, controlado dentro de um uniforme cujos botões parecem prestes a explodir, repousa o braço sobre o torso do cavalo. Já o general, careca e com óculos grossos em roupas civis distintas, leva a mão esquerda ao focinho, venerando a beleza quadrúpede, emocionado.

#35

Árvores e arbustos com folhas secas e galhos finos. Ao longe, à direita, uma parede de pedra se ergue. O homem de meia-idade senta-se, curvado para frente, em um banco de ripas de madeira. Ele veste um casaco grosso, macio, sobre um suéter fino e uma camisa branca. Os braços estão juntos ao corpo, mãos à frente, dedos abertos como se fossem agarrar uma criança que corre em sua direção. Ou uma bola. O cabelo acima da testa grande tem uma descontinuidade quase centralizada. Uma faixa de três dedos de largura sem pelo algum, como se uma máquina zero tivesse sido utilizada em um movimento único e contínuo, da testa até a nuca. Nos olhos esbugalhados, a brancura ocular se sobressai, apequenando as pupilas redondas e escuras. O sorriso de lábios abertos e dentes cerrados se mantém pela contração calculada dos músculos faciais. Não há dúvida do que ele seja, embora nem o sanatório nem a lua estejam à vista.

#36

O vermelho e o azul são as cores dominantes. Não são suficientes, porém, para obliterar os pontos amarelos que insistem em capturar a visão. O principal deles, a letra M, em maiúscula, dá início à palavra Manchete. Os outros dois pontos amarelados estão em letras pequenas, Nº 23 e CR$ 5,00. Um retângulo branco, disposto no canto superior esquerdo, destaca três chamadas em caixa alta que parecem habitar mundos completamente distintos: OS MISTÉRIOS DA BRUXARIA; OLIMPÍADA UNIVERSITÁRIA; e FALAM OS HUMORISTAS. Obviamente, esses aspectos quase não têm importância diante do homem de terno cinza, camisa branca e gravata com listras que doma um trator vermelho de grandes proporções. A firmeza com que segura o volante sem ao menos parecer que faz força, o cabelo bem penteado para trás fixado com laquê e a elegância das vestes contrastam com a brutalidade da máquina. Ele está no controle. Sabe-se pela serenidade expressada em seu rosto, pelo olhar que parece tudo ver até a linha do horizonte. Um pouco acima dele, à direita, letras garrafais avisam: JUSCELINO KUBITSCHEK – O governador e o homem.

#37

Os olhos marejados não se desviam do horizonte. A testa semi-franzida, a boca na forma de vê voltada para baixo. As bochechas grandes e a papada que cria a ilusão de um queixo duplo tornam o rosto rechonchudo. As orelhas são desproporcionalmente grandes para o tamanho da cabeça, quase careca, não fossem os fios curtos, ralos e alourados concentrados no topo. O nariz vertical produz um semblante de empáfia e fragilidade. Ela – e só se sabe que é "ela" pelas vestes – sente o peso da tradição. Ereta e impávida em seu vestido branco que contrasta com a manta bordô da cadeira, observador e observado se confundem. Dos bracinhos pequenos ainda sob as mangas longas do vestido, saem duas pequenas mãos sem coordenação motora desenvolvida. A cadeira é alta o suficiente para um adulto, sentado, não conseguir tocar o solo com os pés. Ainda assim, o vestido decai do assento até o chão. As pernas sob um tecido tão extenso devem ser gigantes e finas. Ela, porém, é toda sobriedade, inclusive na contenção de um choro que provavelmente não cairá.

#38

O cabelo grisalho está cortado rente nas laterais. Se fosse possível fazer um giro de cento e oitenta graus, certamente se constataria que segue o mesmo padrão na nuca. No alto da cabeça, porém, o cabelo é vasto, penteado para trás. O homem está sentado em um sofá. O punho direito, levemente fechado, sustenta a cabeça na altura da têmpora. A despeito do traje distinto do início do século XX (paletó de linho, camisa branca com listras e gravata borboleta), o homem está desalinhado. Não ter desabotoado o paletó ao sentar-se foi um deslize de proporções muito maiores do que se poderia imaginar. Apesar de magro, o homem parece estar comprimido pelo paletó na altura da barriga, de onde se originam inúmeras dobras no tecido, como se uma criança inábil houvesse embrulhado um presente. No rosto, o desconforto é evidente. Abaixo do bigode bem aparado, a boca é apenas um traço, dada a forma como os lábios se encontram. É possível, porém, que o homem esteja apenas resignado com a sorte que a vida lhe proporcionou, que, diga-se, o impede completamente de se apresentar em público de forma elegante. Ele tem graves problemas de vista. Se a deficiência que o aflige no olho direito pode ser corrigida ou amenizada por grossas lentes que distorcem o globo ocular para quem o vê, o olho esquerdo não tem solução. O homem utiliza sobre a lente dos óculos um tapa-olho que pode levá-lo a ser confundido com um pirata. E isso ele não é.

#39

Os olhos convergem ligeiramente na direção do nariz. Aquilo que ele vê de sua banheira de plástico para recém-nascidos está a uma distância pequena de suas pupilas. O menino de pele clara, nu, tem parte de seu corpo imerso na água. O lábio superior e o inferior estão afastados de tal maneira que parece esboçar um sorriso. Ele não possui sequer idade para que comecem a despontar os primeiros pontos brancos em suas gengivas. A língua vermelha, no entanto, insiste em repousar em lugares pouco óbvios. É tudo novidade. Apoia-se, de bruços, em seus bracinhos rechonchudos por reflexo. Certamente a força de seus membros não o sustenta. No semblante, porém, não há apreensão. Ele confia plenamente nos finos braços negros de mulher que ainda irão segurá-lo pelos próximos anos como o fariam com o próprio filho.

#40

Uma pedra cinza com algumas rachaduras e desgastes nos vértices serve de base. Sobre ela, objetos cuidadosamente organizados. O crânio é marrom, sem mandíbula e sem os dentes frontais. Abaixo do osso da testa, que reflete uma luz fraca, três cavidades faciais. A cabeça sem vida está apoiada em duas direções. Papéis amassados e um caderno com capa dura e páginas amareladas a sustentam verticalmente; na lateral, para que não tombe para a esquerda, um cálice de vidro, cuja base arredondada está encaixada na depressão destinada ao sistema auditivo. O cálice, na diagonal, se apoia na lateral do caderno e tem, ainda, parte da superfície da boca de vidro escuro sobre a base de pedra. O equilíbrio é frágil. Em último plano, uma lamparina a óleo de cor terrosa já não emana luz. O pavio, em seus últimos momentos, está apagado, um resto de brasa, um fio de fumaça. A pena, à frente da caveira, recostada sobre o caderno e os papéis. E o bico, sobre o kit de tinta. Dali não saem palavras. O tinteiro está seco. Nada mais pode ser escrito. O fim, o fim.

CARA LEITORA, CARO LEITOR

A Cachalote é o selo de literatura brasileira do grupo Aboio. Lemos, selecionamos e editamos com muito cuidado e carinho cada um dos livros do nosso catálogo, buscando respeitar e favorecer o trabalho dos autores, de um lado, e entregar a vocês, leitores, uma experiência literária instigante. Nada disso, portanto, faria sentido sem a confiança que os leitores depositam no nosso trabalho. E é por isso que convidamos vocês a fazerem cada vez mais parte do nosso oceano!

Todas as apoiadoras e apoiadores das pré-vendas da Cachalote:

— têm o nome impresso nos agradecimentos dos livros;
— recebem 10% de desconto para a próxima compra de qualquer título do grupo Aboio.

Conheçam nossos livros pelo site aboio.com.br e sigam nossos perfis nas redes sociais. Teremos prazer em dividir com vocês todos nossos projetos e novidades e, é claro, ouvir suas impressões para sempre aprendermos como melhorar! Embarque e nade com a gente.

Cada livro é um mergulho que precisa emergir.

APOIADORAS E APOIADORES

Agradecemos às 232 pessoas que confiaram e confiam no trabalho feito pela equipe da **Cachalote**. Sem vocês, este livro não seria o mesmo. A todos os que escolheram mergulhar com a gente em busca de vozes diversas da literatura brasileira contemporânea, nosso abraço. E um convite: continuem acompanhando a **Cachalote** e conheçam nosso catálogo!

Adriana Ramiro Torres
Adriane Figueira Batista
Ale Motta
Alejandro Sainz De Vicuña
Alessandra Ferreira dos Santos
Alexander Hochiminh
Alexandre Arbex Valadares
Alexandre Jaco
Alina Meriacre
Aline Tolotti
Allan Gomes de Lorena
Amanda Santo
Ana Maria Rodrigues
Ana Cristina Lima Maia
Ana Luisa Nepomuceno Silva
Ana Maiolini
Anderson Silva Da Costa
André Balbo
Andre Luis Souza Salviano
Andre Luiz Lyrio Torres
André Pimenta Mota
Andreas Chamorro
Anna Martino
Anthony Almeida
Antonio Arruda
Antonio Pokrywiecki
Arman Neto
Aroldo Luis Moog Rodrigues
Arthur Lungov
Bianca Monteiro Garcia
Breno Kummel
Bruno Coelho
Bruno Inácio
Caco Ishak
Caio Balaio
Caio Girão
Caio M. Vianna
Calebe Guerra
Camilla Loreta
Camilo Gomide
Carla Guerson

Carlos Eduardo
    Félix da Costa
Cássio Goné
Cecília Garcia
Celso Costa
Cibelly Almeida
Cintia Brasileiro
Cláudia
    Suzano de Almeida
Claudine Delgado
Cleber da Silva Luz
Cristhiano Aguiar
Cristiana de
    Athayde Velasco
Cristina Machado
Daniel A. Dourado
Daniel Dago
Daniel Giotti
Daniel Guinezi
Daniel Leite
Daniel Longhi
Daniela Rosolen
Daniela Silva De Freitas
Danilo Brandao
Denise Lucena Cavalcante
Dheyne de Souza
Diana Malito
Diogo Mizael
Dora Lutz
Eduardo Rosal
Eduardo Valmobida
Elton Nogueira
    de Souza Junior
Enzo Vignone

Fábio Franco
Febraro de Oliveira
Felipe N. Imbroisi
Fellipe Fernandes
Fernanda Caleffi Barbetta
Fernanda Veiga
Fernando Velasco
Flávia Braz
Flávio I.
Flávio Ilha
Francesca Cricelli
Francisco Nogueira
    de Santa Rita
Frederico da C. V. de Souza
Gabo dos livros
Gabriel Cruz Lima
Gabriel Stroka Ceballos
Gabriela Machado Scafuri
Gabriela Sobral
Gabriella Martins
Gael Rodrigues
Giselle Bohn
Giuliane Pimentel
Guido Guimarães Santos
Guilherme Belopede
Guilherme Boldrin
Guilherme da Silva Braga
Gustavo Bechtold
Gustavo Do Prado
Hanny Saraiva
Helena De Aboim Lessa
Hellen Dayane
    Barbosa de Sousa
Henrique Emanuel

Henrique Lederman Barreto
Iago Ribeiro
Ignacio Leopoldo Wisoczynski Reboledo
Isabela Marinho
Ivana Fontes
Jadson Rocha
Jailton Moreira
Janaina Guimaraes de Senna
Jefferson Dias
Jessica Ziegler de Andrade
Jheferson Neves
João Luís Nogueira
Jorge Verlindo
José Elimario Cardozo da Silveira
José Ismar Petrola
Jozias Benedicto
Julia Barreto
Júlia Gamarano
Júlia Vita
Juliana Cachoeira Galvane
Juliana Costa Cunha
Juliana Slatiner
Júlio César Bernardes Santos
Júlio César da Silva Alves
Laiane Marchon Ferreira
Laís Araruna de Aquino
Laiz Colosovski Lopes
Lara Galvão
Lara Haje
Laura Redfern Navarro
Leitor Albino
Leonam Lucas Nogueira
Leonardo Pinto Silva
Leonardo Zeine
Licinio Velasco Junior
Lili Buarque
Lindjane Dos Santos Pereira de Medeiros
Livia Palmieri
Lolita Beretta
Lorenzo Cavalcante
Lucas Ferreira
Lucas Lazzaretti
Lucas Verzola
Lucia Coelho
Luciano Cavalcante Filho
Luciano Dutra
Luis Cosme Pinto
Luis Felipe Abreu
Luísa Machado
Luiza Leite Ferreira
Luiza Lorenzetti
Mabel
Maíra Silva da Fonseca Ramos
Maíra Thomé Marques
Manoela Machado Scafuri
Marcela Roldão
Marcelo Conde
Marcelo Vieira
Marco Antonio

Ermida Martire
Marco Antonio Konopacki
Marco Bardelli
Marcos Vinícius Almeida
Marcos Vitor
    Prado de Góes
Maria de Lourdes
Maria Fernanda
    Vasconcelos
    de Almeida
Maria Inez Porto Queiroz
Maria Luíza Chacon
Mariana Donner
Mariana Duba Silveira Elia
Mariana Figueiredo Pereira
Marília Pithon
    de Athayde Velasco
Marina Lourenço
Marina Venâncio
    Grandolpho
Mario Sergio Baggio
Mateu Velasco
Mateus Borges
Mateus Magalhães
Mateus Torres Penedo Naves
Matheus Picanço Nunes
Mauricio Fiorito De Almeida
Mauro Paz
Melissa Silvestre
Mikael Rizzon
Milena Martins Moura
Moacir Marcos
    de Souza Filho
Natalia Timerman
Natália Zuccala
Natan Schäfer
Otto Leopoldo Winck
Ovidio Velasco De Oliveira
Paula Luersen
Paula Maria
Paulo Lannes
Paulo Scott
Pedro Torreão
Pietro A. G. Portugal
Rafael Atuati
Rafael Mussolini Silvestre
Raphaela Miquelete
Renato Figueiredo
Ricardo Bilha Carvalho
Ricardo Kaate Lima
Ricardo Pecego
Rita de Podestá
Rodrigo Barreto de Menezes
Rosana Ulhôa Botelho
Rosiene Inácio de Araújo
Samara Belchior da Silva
Saulo de Freitas
    Madureira Campos
Sergio D. Velasco
Sergio Mello
Sérgio Porto
Sérgio Tavares
Sumaya de Souza Lima
Sylvana Lobo
Tayara Leopoldo
Thais Fernanda de Lorena
Thassio Gonçalves Ferreira
Thayná Facó

Tiago Horácio Lott
Tiago Moralles
Valdir Marte
Vinicius Goncalves Reis
Vivian Nickel
Washington Luiz
      Moreira Buteri
Weslley Silva Ferreira
Wibsson Ribeiro
Yvonne Miller
Zeka Kahale

EDIÇÃO André Balbo
CAPA Luísa Machado
REVISÃO Veneranda Fresconi
PROJETO GRÁFICO Leopoldo Cavalcante
ILUSTRAÇÃO *Fable of the dog and the dam*, de Paul de Vos

PUBLISHER Leopoldo Cavalcante
EDITOR-CHEFE André Balbo
ASSISTÊNCIA EDITORIAL Gabriel Cruz Lima
DIREÇÃO DE ARTE Luísa Machado
COMERCIAL Marcela Roldão
COMUNICAÇÃO Luiza Lorenzetti e Marcela Monteiro

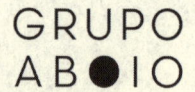

GRUPO
ABOIO

ABOIO EDITORA LTDA
São Paulo — SP
(11) 91580-3133
www.aboio.com.br
instagram.com/aboioeditora/
facebook.com/aboioeditora/

© da edição Cachalote, 2025

© do texto Tiago Velasco, 2025

Todos os direitos reservados. Nenhuma parte desta obra pode ser reproduzida, arquivada ou transmitida de nenhuma forma ou por nenhum meio sem a permissão expressa e por escrito da Aboio.

Grafia atualizada segundo o Acordo Ortográfico da Língua Portuguesa de 1990, que entrou em vigor no Brasil em 2009.

Dados Internacionais de Catalogação na Publicação (CIP)
Bruna Heller — Bibliotecária — CRB10/2348

V433n
    Velasco, Tiago.
        Naturezas mortas / Tiago Velasco.– São Paulo, SP: Cachalote, 2025.
        87 p., [15 p.] ; 14 × 21 cm.

    ISBN 978-65-83003-44-7

    1. Literatura brasileira. 2. Contos. 3. Ficção contemporânea. I. Título.

CDU 869.0(81)-34

Índice para catálogo sistemático:
1. Literatura em português 869.0.
2. Brasil (81).
3. Gênero literário: contos -34

Esta primeira edição foi composta
em Martina Plantijn e Adobe Caslon
Pro sobre papel Pólen Bold 70 g/m²
e impressa em maio de 2025 pelas
Gráficas Loyola (SP).

A marca FSC© é a garantia de que a madeira utilizada na fabricação do papel deste livro provém de florestas que foram gerenciadas de maneira ambientalmente correta, socialmente justa e economicamente viável, além de outras fontes de origem controlada.